KB252841

백록(白鹿)을 기다리며

백록을 기다리며
고정국 시집

초판 인쇄 | 2008년 09월 10일
초판 발행 | 2008년 09월 15일

지은이 | 고정국
펴낸이 | 신현운
펴는곳 | 연인M&B
디자인 | 이희정
기 획 | 여인화
등 록 | 2000년 3월 7일 제2-3037호
주 소 | 143-874 서울특별시 광진구 자양동 680-25호 (2층)
전 화 | (02)455-3987 팩스 | (02)3437-5975
홈주소 | www.yeoninmb.co.kr
이메일 | yeonin7@hanmail.net

값 10,000원

ISBN 978-89-6253-007-0 03810

* 이 시집은 한국문화예술위원회의 문예진흥기금의 일부를 지원받아 제작되었습니다.

고정국 시집

백록을 기다리며

더 큰 만남을 위해 어둠을 깊게 하라

연인 M&B

지엔피 이만 불입네, 시인들도 다 뜬 지금
어느새 나의 글에 기름기가 끼었다며
뼈뿐인 박달나무가 궁체 붓을 세운다.

더 큰 만남을 위해 어둠을 깊게 하라
빽빽한 설산에서 제 뿔이 하얗도록
묵묵히 백록(白鹿)을 기다린 초목들이 고마워.

― 〈백록(白鹿)을 기다리며〉 중에서

© 정봉숙

단 한 사람의 독자를 위하여

어느 평자는 나의 시를 '슬픈 반역의 노래' 라 했다. 제대로 읽어줘서 고맙다. 어쩌면 시인이라는 자들이 바로 당대의 광대이면서 반역자가 아니던가. "슬픔도 분노도 없는 자는 이미 조국을 사랑하고 있지 않다"라는 네크라소프의 말을 넘어, 슬픔도 분노도 없는 자는 이미 인간을 사랑하고 있지 않다고 나는 말하겠다. 몸속에 광대와 반역의 피가 흐르지 않는 자가 어찌 시를 쓸 수 있단 말인가.

그래, 시란 그 영혼의 그림자라 하자, 그래서 『서울은 가짜다』 이후 또 한번의 변화를 시도했다. 그런데 내가 아닌, 시가 되레 나를 변화시키고 있었다니.
제1부에서 눈을 부릅뜨고 정면을 바라보는 녀석들이 바로

내 정신의 충성파들이다. 어디엔들 사랑과 슬픔이 없으랴, 그래서 제2부에는 가끔 나에게 야릇한 윙크를 보냈던 꽃들에게는 사랑과 생명을 기원하는 뜻에서 살짝살짝 색깔을 입혔다. 그리고 좀 삐딱한 녀석들이라 할까, 이른바 '반역의 노래' 라 일컬어지는 작품들은 올여름의 광장처럼 그렇게 촛불 켜고 제3부의 자리를 지키도록 했다.

이곳 작품들의 형식 자체가 시조(時調)이기 때문에 3·4 3·4, 3·4 3·4, 3·5 4·3의 음보에 맞춰 읽었을 때라야만 내용과 형식의 조화로움을 함께 맛볼 수 있다는 점을 귀띔해 둔다. 시조는 쓰는 법에 앞서 읽는 법부터 익혀야 한다는 것을 현장학습에서 숱하게 깨달았기 때문이다.

말미엔 해설 대신 〈에세이 시작노트〉로 채웠다. 또한 글을 쓸 수밖에 없었던 나의 슬픈 과거를 처음으로 고백한다. 독자와의 소통에 조금이나마 도움이 될까 해서 생각 끝에 넣었다.
지엔피 이만 불 넘었다고 떠들어대지만, 이 땅 도처에 아프도록 글썽이는 별꽃들이 산재해 있음을 안다. 촛불 앞에 하얗게 밤을 설친 그 별꽃 같은 독자의 품에 이 시집 한 권 안겨줄 수 있다면, 천 리를 걸어서라도 나는 그를 찾아 나설 것이다.

2008년 8월

고 정 국

제3부 사월의 힘

제1부 백록(白鹿)을 기다리며

벽화

오로지 붙임성 하나로
불경기에도 살 만하다던

우리 집 담쟁이가
주춤주춤 겨울에 드네

엎디어 절망을 넘던
물렁뼈가 보이네.

등 굽은 사다리에 올라
하늘의 필법을 넘보던

파르르 바람벽에
겨울나는 핏빛 한 점

끊길 듯 세필(細筆)로 내린
동아줄이
더
춥네.

붓꽃

세 차례 시집을 내도
독자들은
침묵했다

네 번째도 등을 돌린
이 땅 풀꽃이
야속도
하여

붓 대신 무릎을 꺾고

꽃 앞에서

울었다.

파계(破戒)

암자(庵子)를 빠져나가
보름째
연락이 끊긴

눈이 큰 비구승을
쏙 빼닮은
딱따구리가

또르르 오색 목탁을
돌
　계
　　단
　　　에
던진다.

고추잠자리

고추를 고추장에 찍어도
한국 시월은
맵지 않았네

맨발로 종일을 걸어도
시월 들길엔
아프지 않았네

차 시간 일 분을 남기고
울지 않던
그대가
미웠네.

시월의 빛

　이별에 익숙한 자의 살짝 붉힌 눈시울처럼 낙엽을 준비하는 갱년기의 관목들처럼 비로소 몸으로 말하는 시월 한국, 저들이 곱다. 표정이 밝은 것만큼 제 슬픔도 깊었다는 구절구절 구구절절 멍투성이 구절초가 푸르게 삭발을 하고 종일 저렇게 웃는걸 봐.

　봄여름 다 지나도 안색 한 번 바뀐 일 없어
　떠날 때 임박해서야 말문 여는 고추잠자리
　멍석에 쏟아낸 진실이
　몸빛보다
　더
　부셔.

백록(白鹿)을 기다리며

해발고지 높아질수록 나무들은 진솔했다
한두 개 명치에 박힌 상처 자국을 내보이며
낮은 키 낙엽수들이 내게 옷을 벗으란다.

비정규직 일터 같은 한겨울 이 잡목숲
관목들 등골이 휜 성판악 등산로 따라
한때 그 위풍 떨쳤던 잔해들이 보이고.

지엔피 이만 불입네, 시인들도 다 뜬 지금
어느새 나의 글에 기름기가 끼었다며
뼈뿐인 박달나무가 궁체 붓을 세운다.

더 큰 만남을 위해 어둠을 깊게 하라
빽빽한 설산에서 제 뿔이 하얗도록
묵묵히 백록(白鹿)을 기다린 초목들이 고마워.

적벽(赤壁)으로 향하던 길
—목언예원에서

절망과 절망끼리 서로 피가 통하나 봐
길 끊긴 지점에다 적송 한 그루 세워두고
노을에 제 뼈를 바치는 산이 거기 있었다.

텅 비어 있으면서 꽉 채워 떠오르던
기미 낀 보름달이 먼 산고를 치르는 동안
고라니 피 섞인 울음이 사람처럼 슬펐고,

아리아리 백두대간 관절들을 쓰다듬으며
멈춰선 시간대에 묵묵히 눈금을 긋던
강물이 되돌아와서 일도양단의 칼날을 씻네.

교교히 적벽을 적시던 달빛이며 별빛까지
화공의 붓끝에서 제 분신을 되찾는 순간
갈대가 백악기 시대 말소리를 전한다.

* 목원예원(木言藝苑) : 경북 청도군에 있는 민병도 갤러리.

새벽의 시

발 딛는 자리에서
뽀득뽀득 일어서는

새벽 서릿발이
내 정신의 안부를 묻네,

다 태운 촛농 너머로
금식 팻말의
산정(山頂)을
보네.

바람이 노송(老松)을 만나
천 년 득음의 한을 풀 듯

안개가 첨봉(尖峰)을 섬겨
만년설빙의 반열에 오르듯

물 맺힌 찔레 가지에
한 줄 시(詩)가
빛나고
있었네.

안개지대

모처럼 진실이라던 실선(實線) 다 무너지고, 소수점 이하 언어들이 가지 끝에 눈물 맺힐 때 우리는 깜박이 켜고 저문 길을 나선다. 시대의 바른 대답을 안개 속에서 찾을 거라며 축축한 손길 위로 촛불 받아든 달맞이꽃 무작정 끌고 온 길들이 평지에서 더디다. 허락하지 않은 길에도 샛길 하나 숨겨둔다는 고독한 산보자의 그 우울한 윤곽 밖으로 초록빛 화살표 하나가 걱정스레 찍힌다.

칸나 3

울컥 쏟아 놓고
뒷감당을 못하는……,

점박이
꽃잎
꽃잎에
모르핀 액(液)이
슬픈
아침

꽃에다 혈뇨(血尿)를 누듯
한 편 시를
또
쓴다.

거미

베드로 갈릴리 바다
날치 그물
꿰매던
거미

老子의 말실수 때문에
혼자 천망(天網)
지켜온
거미

내려와 폐농(廢農)의 추녀에
간디 물레를
돌리고
있다.

민들레 방식으로

부처님 오신 날엔
쇠똥 냄새도 약이란다

금악리 축산단지
한우 헛바닥을 빌려

민둥산 분화구 돌며
봄풀
봄풀
가꾸는 바람.

앉은키 예쁜 엉덩이
방귀 뽕뽕 피우다가

허공에 혈육을 바치는
민들레의 공양을 보아라

송아지 푸른 눈가에
홀씨 한 놈
키우는.

뿔 없는 짐승처럼

낙타가 길을 버리고 사막을 숭배했네
바람 따라 신기루 따라 지평선을 굽이쳐 온
계기판 일백만 킬로가 풍경처럼 아득해.

시간의 침묵 위에 낙타 자국이 찍히면서
사막은 그 보폭만큼 사랑을 허락했네,
피 묻은 선인장 씨앗 모래톱에 감추며.

연골(軟骨)이 다 삭았단다, 남모를 합병증에
삼도화상 살갗으로 추운 영혼을 감싸 안으며
휘도록 나를 업고 온 팔다리가 고마워.

‘사꾸라’ ‘공산명월’ ‘솔광’ 에서 ‘비오동’ 까지
‘오광’ 패 손에 쥐고도 ‘광박’ 쓰고 돌아온 아침
울면서 웃음을 보여준 내 아내가 또 슬퍼.

상처가 깊은 만큼 그대 풍경은 아름다웠네,
곤한 노을 향해 새김질 하는 낙타처럼
초로(初老)의 트럭 한 대가 추녀 밑에 서 있네.

지렁이와의 동행

유기농 밭을 매다가, 고추밭을 매다가

하늘땅이 허락했을 제 운신의 보폭만큼

한 뼘씩 사력을 다하는 지렁이를 보았다.

선대에 세상을 주무른 축지법도 다 버리고

거꾸로 매달려 있어도 제 밥그릇은 있다는 세상

천국도 지옥도 아닌 외딴길을 가는가.

섭씨 삼십칠도 발바닥이 뜨겁던 하오

눈 뜨고 피를 말리는 한 목숨을 나는 보았다,

까맣게 한생을 태우는 농투성일 보았다.

나무늘보 보법으로

왼손에 오른쪽 귀, 오른손에 왼쪽 귀 잡고 선착순 오리걸음
그 아득한 골인지점에 까맣게 무릎을 꺾고 "피―일승, 피―일
승" 더듬던, 나무늘보 보법으로 사서삼경을 통독한 그 공자님
시계 초침은 세간보다 더디다며
딴따라 군가 행진도 반 박자씩 흘리던 그.

선착순에 뒤쳐진 자 필히 늦복을 누린다더라
육팔 년 군대 동기가 말뚝 박고 산다는 그곳
늦둥이 한우 송아지
아들처럼
자란다더라.

제2부 들풀이 바람이래!

제2부 들풀이 바람이래!

그리운 별꽃

　북두칠성 꼬리쯤에서 저만 슬쩍 떨어져 나와 연애 한번 못
해 보고 다시 별이 되었다는, 빵모자 성긴 치아가 어쩜 너였는
지 몰라.

　꽃들의 겨울여행엔 일박 이일이 짧았나 봐. 한겨울 텃밭 같
은 내 시첩(詩帖)의 행간에서 섧도록 깜박거리던 그 별자리,
그 별꽃.

　볼수록 천치 같다는 꽃 한 송이 만나기 위해 대낮에도 반 촉
짜리 등을 켜 두는 그대, 오늘은 우리 텃밭에 별이 몽땅 내려와
있네.

달

바라만 보면서도
깊어질 수 있다
그랬지

눈물자국 말끔히 씻긴
장맛비
한 달 만에

불 끄면 사뿐히 건너와
머리맡에
웃던
아내.

점등

백치(白痴)가 환하게 웃어야
세상천지는
바뀌는
법

서둘러 봄 앞에선
반벙어리 우리 집 목련

앞당긴 생일 케이크에
주둥이를
모은다.

선천성 빈혈에도
누릴 것은
누리는
봄

다복
다복
목련가지에
형광전원이 당겨질 쯤

하늘의 탯줄을 빨며
임신 넉 달째
초승이
뜬다.

겨울 꽃병

눈이 내려서야
빈자리가 눈에 드네

순명(順命)을 예감하고
아침마다 물 가시던

하얗게 기침이 잦은
수녀님의
꽃병을
보네.

사람 눈빛이
꽃의 눈빛에 적중하고도

그냥 그곳에서
아른거릴 수밖에 없는……

노랗게 절망을 삭히는
먼 섬 밖의
등불을
보네.

들풀이 바람이래!

맹목적 사랑에도
이월이면
물기가 돈데.

춥네 섧네 유난떨던
이웃 동네 광내나물도

저것 봐,
연하의 햇살과
팔베개를
했다잖아.

바람이 들풀이고
들풀이 바람이래……

간음죄 없애 달라는
들꽃 무리의 성토만 봐도

입춘 굿 무자귀신이
떼몰이로
덤빌
거!

올해 다시 오셔서

"찌르르…"
밀약(密約)의 전류가
사방천지
가득한
봄

가랑비 어젯밤에
銀髮 곱게 내려빗고

그래도 이승이 좋다고
올해 다시
오셔서

세상을 증오한 만큼
사랑할 수도 있다는

벙어리 삼십 년에
혼자 늙기
서럽더라는

연상의 할미꽃 한 송이
자리
뜰 줄
모르고.

상사화 옆에서 1

이제 겨우 살 만해서
연줄 하나를 놓아야 하리

딱 한 발 시차 앞에
문득 이별을 예감했을,

보내고 온몸이 붉도록
상사병을
앓았던
사람.

상사화 옆에서 2

생의 반환점에서조차
그리움의 빛깔만 골라

핀셋 끝을 달구며
'주홍글씨' 문신을 한

그때 그 불장난 즐기던
곱슬머리 꽃들도 가고.

상사화 옆에서 3

"저, 우리 이제 그만
없었던 일로 해요"

제 아무 잘못 없이
제 아무 잘못 없이

나 뜨면 그 혼자 울리라,
가을볕에
용서를
비는.

신록 한때

꽃들이 떨구고 간
색조화장품 주워 바르고
수목원 단풍나무가
오월부터
나를 꼬시네,
이맘땐 저들의 허풍이
사람보다
더하데.

삼팔육 핸드폰의
귓속말을 엿듣는지
뻐꾸기 알람 따라
쫑긋
쫑긋
귀를 세우는,
이맘때 저들의 변색도
사람보다
더하데.

제목 없는 시 1

이제 막
반신욕 끝내고
벌겋게
뭍에 오르는

해질녘 썰물에 비친
비양도의
아랫도리를

청소년 개불알꽃들이
훔쳐보고
있었다.

제목 없는 시 2

무작정 도항선 타고
우도(牛島)에
갔습니다

봄바다 물침대가
기똥차게
좋았습니다

섬이랑 몸을 섞은 후
성산바다가
붉
었
습
니다.

제목 없는 시 3

덜 녹은 발자국에
싸락눈 발 헤다가

먹고 싸고
먹고 싸고
먹고 싸고
싸고 먹다가

담 넘어 개도 안 먹는
귤 한 개를
훔쳤답니다.

제목 없는 시 4

콧물 고열 가래기침
뼈마디가 쑤신다는

종합감기님이
아랫목에 보름째 눕고

까치는 목련 가지에
바람 든
무를
깎고.

산방의 휴일

꽃향유 약불에도 가을산은 펄펄 끓었고 이별을 예감한 꽃들
이 다투어 입을 맞췄네, 발등의 루즈 자국이 고백처럼 아팠네.

입산통제구역에도 길이 하나 숨어 있었네. 예쁜 발자국이
이쯤에서 시작되었고 마지막 절정을 치르는 풀여치, 풀여치
소리.

바람이 어깨 너머 음풍농월의 시를 읊네. 묵묵히 쇠똥구리
가 오름 하나를 굴리고 있을 때 사내는 바짓가랑이 도꼬마리
씨를 뜯네.

우수 경칩 다 지나고

저마다 배꼽을 보이며
우리 텃밭이 한 달째 탄다
개코원숭이 탈을 쓰고
우수 경칩 다 돌고 온
껑다리 광대나물도
꽹과리를 쳐대고,

아픈 자 음지에 둔 채
성한 곳에만 너스렐 떨며
꽃 한 송이 떨구기 위해
열 꽃 송이 피우는 봄
마지막 토종 동백이
장끼 볏을 세운다.

고깔 쓴 배추흰나비
나붓대는 날개짓 따라
이승을 뜨라 하면
떠날 수도 있는 사월
장다리 환하던 꽃밭
가설무대가 헐리고 있네.

차귀도(遮歸島)의 봄

억새 천지 겨울이다가 유채꽃밭 봄이다가,
당일바리 지느러미 물마루에 펼치다가
금채기 성게 몇 알을 불판 위에 얹히는 바다.

바다에 산번지라니, 지맥 수맥 다 끊겼다는
썰 밀물 급물살에 용케 용케도 살아남은
서너 점 살붙이들이 엎딘 채로 푸르러.

지척에서 노닐다가 노을녘이면 아득해지는……
그리움의 간격만큼 섬과 사람을 불러 앉히고
한 달째 고산리 바다가 옥돔 비늘만 튕기고.

비양도 시월 아침

늦도록 불판을 깔며 왕소라 굽던 바다

월척 지느러미에 수평선이 휠만큼 휘고

바위도 새들을 불러 아침 젖을 물린다.

가을 초엽부터 집단적으로 몸을 흔들던

뼈뿐인 억새 무리가 깜빡 눈을 붙인 사이

달빛이 은갈치 떼 몰고 섬을 빠져나갔구나.

사람 속도 보일만치 분리수거 깔끔한 아침

바위틈 해국 송이가 직박구리 소리로 울면

펄강못 수초들 사이로 금발 머리의 태양이 뜬다.

칠월 수평선

저 팽팽한 립 라인에도
외로움이 크던가 봐

제 팔에 가두고 온
수천
수만의
꽃들을 두고

조간대 밤물결 따라와
칭얼
칭얼
거리는…

제3부 사월의 힘

고추 말리기

새빨간 거짓말 앞에
고추만큼
열받는 그들

연타로 물난리 치른
유기농 채마밭에

늦도록 거꾸로 매달려
"반일!"
"반미!"
외치던 그들

천리강산 다 돌아도
함께 묻힐 묘역(墓域)이 없네

설자리
앉을자리
피를 나누던
고추잠자리

저들도 날개를 버리고
우리 멍석에
누워 있네.

사월의 힘

봄의 칠삭둥이
고사리도 추운 들녘

아프도록 지표를 뚫는
첫 분만의 싹들 앞에

하늘도 정색을 하고
그늘 한쪽
거두시네.

"어둠이 깊었던 만큼
네 후손은 행복하리라"

그 후손의 후손들까지
허리 한번 펴보지 못한

음지 쪽 청미래덩쿨의
붉은 역모를
다시금
보네.

쇠별꽃 1

꼭 살아야 할 것들은
빙점에서도 싹을 틔우듯

간다 간다 올해도 못간
실향민의 눈빛 같은

눈밭에 고양이 발자국
쇠별꽃이
피었다.

쇠별꽃 2

물난리 치른 후에
손금 하나 더 생겼다는

택배로 배달된
수해지구 쌀을 씹으면

처남댁 아이들 눈빛이
보송보송
떠올라……

쇠별꽃 3

제자리 피어 있어도
올겨울은 타향 같다.

맨땅에 체온 비비던
별꽃
별꽃
쇠별꽃

하얗게 명절날 문턱에
새끼 고양이들이
운다.

뻘기꽃 피면

간절한 촛불 앞에선 바람도 키질을 삼가더라
삼보 일배, 이보 일배, 일보 일배도 모자라서
하얗게 색소가 빠진
들꽃들만
남은 지금,

어린 손 천 번을 모으면 하늘도 생각이 바뀐다더라
열네 살 뻘기꽃들이 촛불 하나씩 켜들고
미선이 효순이 부르며
마을 쪽으로
가고 있더라.

잠 설친 수국 꽃잎에 눈물방울이 푸른 아침
목발 짚은 사내가 꽃 위에 꽃을 얹히더라,
미안타, 미안타 하며
절뚝
절뚝
유월이 가더라.

돌고래가 산다더라

가끔씩 맨발로 와서 물수제비 뜬다더라
바위에도 젖을 물리는 포유동물이 산다더라
만발한 국화밭 가꾸며 동해바다가 산다더라.

한 생애 열 길 물 속 벽을 향해 돌아누우며
늦도록 굽은 허리로 자맥질 돕던 바다
나선형 슬픔을 감추며 늙은 고래가 산다더라.

강강술래, 강강술래 독도리 산 1번지
정강이 뼈를 깎으며 섬이 혼자 산다더라
정한수 놋그릇 머리엔 초록등을 켠다더라.

동체(胴體)로 곤두박질치는 절망이여 빛이여!
등푸른 백두대간에 밀고 당기는 물갈퀴여
돌아와 자유를 가꾸며 사람들이 산다더라.

용장마을 바늘엉겅퀴

철야 백병전에도 남을 놈은 남았다
항몽(抗蒙)의 황토 끝자락 용장마을 106번지
삼별초 핏자국 같은 엉겅퀴 또 피어서,

행궁터 빗나간 화살이 석화송이에 박혔는지
바람 없는 날에도 들꽃들은 몸을 떨었고
돌쩌귀 삼 년을 버틴 무명용사 증언이 붉다.

가라 편한 길로, 배알 없는 자들은 가라
쟁쟁히 꽃을 비껴 기와더미에 내리는 햇살
배중손 벼르던 죽창이 섬뜩 나를 찌른다.

* 용장산성 : 전남 진도군 용장마을에 있는 항몽 유적지.
* 배중손(裵仲孫) : 삼별초의 지도자.

구월 허수아비

세 차례 참을 먹어도 배가 고픈 남도의 구월
사백 밀리 폭우를 쏟고 속이 편치 않으셨는지
하늘이 추녀로 와서 호박 한 덩일 내리시네.

새 쫓는 총포 소리에 습관적으로 몸을 낮추는
고분고분 간척지구의 벼 포기들을 보아라
저들만 파업을 모르고 초과달성해냈구나.

일흔을 족히 넘겼을 처 당숙뻘 허수아비가
틀니로 생쌀 씹으며 신토불이를 뇌고 있을 때
빨갛게 "쌀 협상반대!" 고추잠자리 눈총이 맵다.

산비둘기 우네요

구칠 육십삼, 구팔 칠십이 구구구구 구구구구…… 작년 외던 구구단이 막바지에서 막히는지 올해도 목젖이 붉도록 산비둘기 우네요. 세월 앞에 궁색해진 홀아비의 변명처럼 산마을 산을 닮은 산지기의 후손처럼 석삼년 혼기를 놓친 산비둘기 우네요. 이 환한 봄볕 아래 산자락이 다 젖네요, 뿔뿔이 이산 저산 혈육 이름 더듬던 끝에 어눌한 말문을 열며 할미꽃도 피네요.

구절초 피었구나

눈 주면 바람 앞에 늘 불안한 꽃이더니
푸른 환자복에 요양원을 빠져나온
저혈압 안색을 하고
구절초가
피었구나.

뜻은 하늘에 두고 줄기를 땅에 묻으며
칠전팔기 끝에 관절 하나가 비었다는
구구구 말을 더듬던
그도 같이
서 있구나.

이 땅의 모든 꽃은 다 그만한 아픔이란다.
소망에 꽃잎이 다치고 절망 앞에 마디가 굵은
노숙자 마른 기침 소리
온 들녘이
꽃이구나.

장끼야, 장끼야

동에서 "꿩" 서에서 "꿩꿩" 사내 체면은 세워야 한다고 가
문의 뼈대를 지킨 한 뼘 두 치의 장끼의 영토 한사코 피 묻은
볏을 목청 뒤에 숨기는,

찬 대륙성고기압이 반도 천리에 몰고 왔을 조류독감 운운하
는 유언비어를 경계하라 양계장 울타리 너머 "꿔꿔 꿔꿔" 떠
들던,

꼭꼭 숨어라, 꼭꼭 숨어라, 사방천지 들개 떼란다. 가끔 억새
가 흔들리고 오름자락 찢기는 소리…… 하늬에 몸을 낮추고
가술 이름 부르는.

금악오름 바람까마귀

구릉에 잔솔을 깨우는 빛이다가 바람이다가 쓰레기 매립장
의 비닐조각 날리다가 돌아와 마른 풀잎에 피묻은 부리를 닦는,

먹이를 앞에 두고 사생결단을 내야 하리 황사 자욱한 떼까마
귀 싸우는 골엔 파르르 아사 직전의 새끼 가축이 놓이고……

무자년 까마귀 울 때 화염이라도 삼킨 것일까 금악리 상동 입
구 백발성성 팽나무가 돌에다 뿌리를 박고 빈 마을을 지킨다.

막판엔 날짐승조차 스크럼을 짠다더라 일백아흔세 마리 검
정부리 난신적자여 비양도 바다 불빛이 탄핵처럼 아리다.

발 끊긴 지점에서야 하늘길이 열린단다 까맣게 회오리치는
바람 바람까마귀 다 뜯긴 억새밭 위로 거친 획을 긋는다.

오늘 1
―새끼 사마귀

번개
  위에
번개
  치는
그 진공(眞空)의 하얀 순간

풀잎에
거
꾸
로
매달린
제 그림자를 향해

탈레반 꼬마 전사가
삼지창을
겨눈다.

오늘 2
—충성, 아메리카!

철조망에도 싹틀 것 같은
부처님 오신 날

부모 가슴에 쇠말뚝 치며
"충성 아메리카!"를
외치는
나라

유
유
히
산천을 뜨는
철새들이
부러워.

오늘 3
―까투리의 반상회

"똑같애 같애 같애,
사내새긴
다
똑같애!"

금악오름 까투리 모여
장끼놈들을
성토할
때

폭탄주 국회의원도
슬쩍
거길 만졌대
그래.

오늘 4
─맞고 시대

"아― 씨발, 아― 씨발" 하며
인터넷 고스톱에 빠져 있을 때

광
피박
쓰리고 맞고
붉힌 눈앞이
노오래졌을 때

꽁지 다 빠진 새들이
팔공산을
넘고
있었네.

오늘 5
－자목련의 아침

요즘 하늘께서도
전자오락에 빠지셨는지

바그다드 전황판에
연꽃 송이 다발로 뜨고

마당에 피를 바르며
자목련이
또
피고.

오늘 6
―주둥이가 가려워

"내 잎이 뻥끗했다간
여러 고을이 시끄러워!"

담 너머 자목련도
주둥이가 가려웠는지

벌겋게 줄기세포 씹으며
낮술 한잔
하제요
글쎄.

오늘 7
—07년 12월

개판인 세상에도 겨울 숲은 온전하데
그 숲에서 뽑혀 나온 직박구리 두 마리가
"개—새끼, 씨—입 새끼" 하며
내게 욕을 퍼붓데.

욕쟁이 텃새들만 모여 산다는 그 겨울 숲,
욕이라면 내가 어찌 직박구리 저만 못하랴
"개—새끼, 씨—입 새끼들!" 하며
나도 실컷 퍼붓고 왔지.

오늘 8
—파리

은반(銀盤)의 팔보채도
입만 넘기면 똥이랬지

파르르, 한 쌍 날개
실파문이 멎으면서

금세기 파리 목숨만한
식은 찻잔의
평화가
슬퍼.

에세이 시작노트

오로지 붙임성 하나로

　서향(西向)인 우리 집 시멘트벽은 한여름 오후 볕살에 고스란히 노출돼 있습니다. 한낮에 뜨겁게 달궈진 벽채의 열이 방으로 전도되면서 열대야로 밤잠을 설치는 경우가 잦습니다. 이러한 벽의 부담을 줄이려고 지난해 봄 담쟁이 몇 뿌리를 추녀 밑에 심어두었습니다. 불과 일 년 사이에 그 담쟁이는 벽을 타고 올라 집 전면(前面) 대부분을 덮었습니다. 그 단풍이 너무 고와서 사진도 몇 장 찍고 지난겨울에는 「벽화」라는 제목의 시 한 편을 쓰기도 하였습니다.

오로지 붙임성 하나로
불경기에도 살 만하다던
우리 집 담쟁이가
주춤주춤 겨울에 드네

엎디어 절망을 넘던
물렁뼈가
보이네.

등 굽은 사다리에 올라
하늘의 필법을 넘보던
파르르 바람벽에
겨울 나는 핏빛 한 점
끊길 듯 세필(細筆)로 내린
동앗줄이
더
춥네.

—「벽화」 전문

　올해는 볕 좋은 날씨 때문인지 단풍도 벌써 핏빛이면서 비록
슬레이트 불록집이지만 가을 운치가 제법입니다. 그런데 그중
에 자기 영토를 지붕까지 옮기려는 녀석이 몇 있습니다. 줄기
하나가 낑낑대며 지붕에 오를라 치면 슬레이트 골에 숨어 자
던 바람이 까딱까딱 그 연한 목덜미를 불어 젖히고, 또 한 녀석
이 바람 없는 틈을 타 사선(斜線)으로 살금살금 기어오르노라
면 멀찌감치 지켜보고 있던 북동풍이 갑작스레 달려와 "요녀
석 어딜!" 하며 담쟁이의 옆구리를 밀어내곤 합니다. 이처럼
담쟁이와 바람의 실랑이가 몇 개월째 계속되면서 슬레이트 지

붕 처마에서 턱걸이하는 담쟁이들은 보는 이로 하여금 약간의 긴장감마저 자아내게 합니다.

그리고 며칠 전, 기필코 오르고 말리라고 안간힘 다하던 담쟁이 한 줄기가 마침내 지붕 위에 첫 흡반(吸盤)을 딛고야 말았습니다. "파이팅! 파이팅!" 빛을 향하는 길이라면 결코 포기하지 않는 저들의 집요함에 마음속으로 박수를 보냈습니다.

가끔 "시는 왜 쓰느냐"고 묻는 사람들이 있습니다. 그 질문에는 두 가지 의미가 포함돼 있음을 알 수 있습니다. 하나는 '시가 결코 돈이 되지 않는다' 는 것이고, 또 하나는 '요즘에는 시 그 자체가 별것 아니므로 "시인! 시인!" 하면서 함부로 껍적대지 말라' 는 의미일 것입니다. 그럴 때마다 나는 그 면전에 대고 "그럼 시 안 쓰는 사람들은 돈 많이 벌어서 모두 떼부자가 돼 있더냐"고, "그래서 돈 있는 사람들은 한꺼번에 팬티 다섯 장씩이나 포개 입고 사느냐"고 그리고 "제대로 된 시인이 자기 명함에다 '시인' 이라고 쓰고 다니는 것 봤느냐"고 오히려 더 큰소리로 따져 물으려다 그만두곤 합니다.

"군자상달(君子上達) 소인하달(小人下達)"이라는 말을 고서에서 읽습니다. 정신적 세계가 상(上)이며 물질적 세계를 하(下)로 해석해도 무방하리라 봅니다. 어쩌면 시대가 우리에게 너무 많은 고지서를 발급하면서, 결국 세상은 본(本)과 말(末)

이 전도(顚倒)된 상태로 굴러가도록 돼버린 모양입니다. 그러나 아무리 "돈 돈!" 하고 물질만을 추구하는 시대라 해도 그 한쪽에선 담쟁이 줄기처럼 끊임없이 생명의 실핏줄을 키워내는 누군가가 존재하기 마련입니다. 그래서 잃어버린 우리의 반쪽 모습을 시 쓰는 행위에서 찾기 위해 밤을 새워가며 그 고생고생을 하는 것입니다.

"아저씨, 우리는 빛과 진리를 찾아 날마다 저 높은 곳을 향해 나가는데, 언제까지 구정물 같은 세상에서 인터넷 고스톱에만 빠져 있을 거예요?"
유리창에 가볍게 노크하며 사람을 타이르는 담쟁이 한 줄기가 곱습니다.

11월이 왔습니다. 먹이를 찾아 땅바닥만 긁고 다니던 토종닭처럼 본모습을 까맣게 잊고 살아온 우리에게 달력은 벌써 그 마지막 장을 준비하고 있습니다. 그리고 들녘에는 벌써 그 마지막을 준비하는 초목들이 우리를 향해 고개 숙여 있습니다. 한 해 다 가도록 아픔을 참으며 하늘과 땅에서 빚어낸 저들의 과즙과 빛깔들이 사람을 눈물겹게 합니다.

이 가을 어딘가에 빛나는 과실과 단풍을 준비해 놓고 나를 기다리는 한 그루의 유실수가 있을 것 같습니다. 그 주변엔 황

홀한 생명의 빛이 넘쳐나고 있을 것임엔 틀림없습니다. 자그마한 배낭에 칫솔 하나 달랑 꽂고 그 빛나는 유실수를 찾아 훌쩍 떠나고 싶어 견딜 수가 없는 토요일 오후입니다. 벌써 내 속을 알아차린 듯 담쟁이 몇 녀석이 하루쯤 바람 쐬고 오라고 빨간 손바닥을 흔들고 있습니다. 역시 붙임성 있는 담쟁이 가문의 처신답습니다.

삼십 초에 쓴 시

마라도 저물녘은 구름 한 점 바람 한 점이 없다. 어느 늙은 어부의 심줄이 이쯤에서 다 풀리기라도 한 것일까, 바다도 지느러미를 순순히 내리고 빨갛게 녹아내린 수평선 밖으로 폐선 한 척을 띄워 보내고 있다. 마침내 지상과 천상의 접점이 허물어지면서 생과 사의 경계선도 폐제(廢除)되고 있다.

이윽고 노을이 사위고 여태 숨죽이던 파도가 울렁인다. 질기디 질긴 혈육 하나를 먼 곳으로 전송하고 돌아온 사람처럼, 바다가 마침내 나의 무릎께 와서 흐느끼기 시작한다. 그 무렵 노을에 까맣게 타버린 섬이 제 꼭대기에 촛불 하나를 꽂아 세운다.

아, 등댓불! 저것은 선지자의 눈빛이면서 방황하는 자들의 재단이다. "깨어 있어라, 깨어 있어라!" 이처럼 등대는 절망과

허무를 뛰어넘어야 하는, 깨어 있는 자들의 존재의 당위성을
확인시켜 주고 있었다.

한반도의 낙관(落款)처럼 거기 눌러 있으면서 이 문학 초년
생에게 노을바다를 펼쳐주던 마라도, 그때 그 영감(靈感) 이
후 내 가슴속에는 전혀 새로운 형태의 섬 하나가 발육되고 있
었다.

「마라도 노을」이라는 제목을 달고, 쓰고 지우고 쓰고 지우고
를 반복했다. 종으로 쓰고 횡으로 쓰고 붓으로 쓰고 연필로 썼
다. 배고플 때 썼다가 배부를 때 읽고 슬플 때 썼다가 기쁠 때
읽고 밤에 썼다가 아침에 읽었다. 산을 보고 3천 번 절해야 봄
한 철이 우리에게 고사리 다섯 근을 허락하듯, 「마라도 노을」
도 3년간 3천 번은 족히 쓰고 지우기를 반복했으리라.

작품을 완성시키고 나는 신경성 위궤양을 오래 앓았다. 그
작품이 발표되고 일 년 넘어서야 중앙일보에서 「마라도 노을」
이 중앙시조대상 신인상 수상작에 선정됐다는 통보를 받았다.

그보다도 3년 전, 첫 시집 『진눈깨비』를 냈다. 그리고 제일
먼저 병환 중이신 아버님께 드렸다. 며칠 후 아버님의 일갈(一
喝)은 내 생에 어떤 회초리보다 아팠다. "한 세상 사는 것이 다
길이라 하는 것을" 등등 체념과 한풀이가 시의 전부인 것으로
착각하던 당시 아들의 시작(詩作) 태도를 단박에 뒤엎어 놓으
신 아버님의 한마디, "젊은 놈이 무슨 신세타령이 그렇게 깊

어!?"

한낱 미물들도 몇 차례 탈피(脫皮)의 과정을 거쳐야만 생존과 번식이 가능해진다. 그때 그 누더기 정신의 껍질을 벗지 못했다면 나의 문학도 그쯤에서 소멸되고 말았을 것이다. 그 후 『겨울 반딧불』에서 한번 껍질을 벗고, 『서울은 가짜다』에서 변신을 거듭했다. 첫 시집 축하를 회초리로 대신하시던 아버님은 오늘도 이처럼 아들의 삶 속에 문학 속에 쩌렁쩌렁 살아 계시다.

돌이나 나무 그리고 쇳덩이 속에는 신이 감추어 둔 갖가지 형상들이 있다. 한 예로 신은 팔공산 바위 속에다 부처를 숨겨 놓고 석수(石手)들 손에 정(釘)과 망치를 쥐어주었다. 석수들은 오랜 세월 그 바위를 깎고 또 깎아내고는 마침내 바위 속에 잠자던 부처의 얼굴에 햇볕이 들게 했다. 대구 팔공산 갓바위 부처는 그렇게 탄생된 것이다.

나는 가끔 불가(佛家)에서 주어들은 "진흙이 많아야 부처가 크다"는 말을 문학 후배들에게 전한다. 그리고 30만 단어가 수록된 국어사전을 깎고 부수고 버리고 하다가 맨 마지막 마흔 다섯 글자가 남았을 때 비로소 한 편의 시조가 탄생된다고 말한다.

그 무수한 언어의 덩어리를 깎고 다듬고 깎고 다듬고를 반복하다 보면 한 대상이나 사건에 꼭 합당한 언어가 있다. 그리고 밖으로 눈을 돌리면 그 언어에 합당한 어떤 대상이나 사건이 반드시 존재하기 마련이다. 그 무수한 언어와 무한한 대상의 짝짓기, 즉 한 시인의 노력으로 언어와 사물이 인연을 맺으면서도 또 하나 이 지상의 조화와 질서를 획득한다. 생에 단 한 줄이라도 그 불멸의 언어를 찾기 위해 시인 작가들이 오늘도 골방에서 창백한 손가락의 피를 말리고 있는 것이다.

3년 전 추석 전날, 저물녘에 비가 그쳤다. 제주시내 큰집으로 가기 위해 차를 몰고 달리다가 저만치 침엽수림 사이로 덩그마니 떠오르는 열나흘 달을 보았다. 물기 묻은 모든 것들이 달빛을 만나는 순간 나는 반짝이는 것으로 가득 찬 또 하나의 우주를 보았다. 차를 세우고 유리문을 내렸다. 그러자 비 그친 들녘의 풀벌레 소리가 차 안으로 쏟아져 들어왔다. 들녘 가득 풀벌레 소리조차 젖은 달빛에 빛을 얻고 있을 때 나는 그 어떤 황홀감에 빠져들고 있었다. 잠시 후 정신을 가다듬고 시첩(試帖)에 마흔다섯 글자를 옮겼다.

비 그치자 풀벌레 소리
석 섬 분량이 쏟아진다

물에 불린 만월(滿月)이
산창 밖에 떠오른다,

천지간 백금가루가

만 석쯤은
쌓인다.

불과 삼십 초에 시 한 편을 쓰다니, 3년 걸려 완성시킨 「마라도 노을」과는 참으로 대조적이다. 그 후 이 작품에 갖다 맞출 합당한 제목을 찾지 못해 다시 3년 넘게 헤매고 다녔다. 결국 이것저것 다 버리고 「삼십 초에 쓴 시」라고 제목을 달았다. 그러자 3장 6구 12음보 45글자가 일제히 "차라리 그게 좋은데요." 하며 저마다 제자리에 반짝거린다.

"인생은 살기 어렵다는데/시가 이렇게 쉽게 씌어지는 것은/부끄러운 일이다."

이 시를 끝마치고 제일 먼저 떠올린 시구(詩句), 윤동주의 「쉽게 씌어진 詩」 한 부분이 다시 나를 부끄럽게 했다.

붓 대신 무릎을 꺾고

“물 한 모금 입에 물고 하늘 한 번 쳐다보고……” 초등학교 때 읽었던 동시 「병아리」의 첫 부분이다. 물을 머금을 때는 머리가 물그릇에 향해 있어야 하고, 그 물을 삼키기 위해서는 머리를 하늘로 향해야만 갈증을 해소할 수 있는 병아리의 처지가 되레 예쁘게 그려져 있다. 이상과 현실을 동시에 생각하게 하는 구절이어서 그럴까, 나이 들수록 이 시구가 새롭게 와 닿는다.

‘내공(內攻) 쌓기’라는 말이 보통사람들에게까지 통용되면서 나 역시 그 방법 중의 하나를 일상에 끼워 놓기로 했다. ‘공자 왈’ ‘맹자 왈’에서 출발, 고서(古書) 오십 권을 목표로 대필사경(大筆寫經)을 시작했던 것이다. 그러나 당초 내 의지의 전력으로 봤을 때 이 작업 역시 작심삼일로 끝날 것이란 짐작은 어렵지 않았다. 수십 번 무너졌던 금연 약속이 그랬고, 그만두리라, 그만두리라 골백번 다짐했던 인터넷게임 중독이 그러했다.

실패를 거듭하는 자여, 그대의 나쁜 습관 세 가지를 버리고 꺼리는 것 세 가지를 취하라, 정녕 그대 인생이 바뀌리라. 그래 내가 꺼려하는 것 세 가지를 취하기 위해 삼 일에 한 번씩 작심하자. 아니다. 작심삼일은 느슨하다. 이틀에 한 번, 차라리 작심매일, 작심매시로 바꾸자.

"딱 한 개비를 경계하라!" 금연 선배의 경험담을 충고 삼아 하루에도 열두 번씩 바짝바짝 스스로를 조이면서 35년 넘게 피워오던 담배를 끊었다. 금연 삼 년을 넘기고서야 비로소 주변 흡연자의 모습에서 골초 당시 니코틴에 찌들었던 내 과거의 초췌함을 본다.

이 중독 저 중독 해도 붓글씨 정도라면 괜찮은 편 아닌가. 수천 년 강줄기에서도 유실되지 않은 성현들의 발자취를 더듬어보는 것도 그렇지만, 생전의 그 엄정함 잃지 않으시고 매일 아침 아들의 등 뒤로 오셔서 서툰 붓질을 지켜보시는 아버님의 체취를 느낄 수 있어 좋다. 그리고 나는 이 과정에서 '누적(累積)의 경이로움' 이랄까 '지속성의 위대함' 을 체험하고 있다. 고작 3년으로 화선지 두께가 키 높이에 이르는 걸 보면서 문득 지금까지 먹었던 밥의 분량은 물론 이 입에서 쏟아낸 허풍의 분량을 헤아려 본다.

생각은 다시 엉뚱한 곳으로 번져 나간다. 내 잘못 때문에 오염된 세상의 정화를 위해 그보다 몇 배 더한 타인의 선행이 요구될 것이고, 반대로 세상의 균형유지를 위해선 그만한 악행이 다시 필요하리라는 억측, 혹성(惑星)들 인력(引力)이 개인적 에고이즘의 원리이고, 개인적 에고이즘이 우주적 균형유지의 에너지원으로 작용하고 있을 거라는 변증에 이르기까지!

한 장르가 지니는 구심력과 원심력은 물론, 뭔가 아득히 우주의 질서와 맥이 통하는 우리 언어의 신비감을 맛볼 수 있는, 그래서 나의 문학은 시조(時調)에서 출발했다. 정형시라는 고난도의 습작과정에서, 할미꽃 민들레 엉겅퀴 강아지풀 들국화 등의 야생화는 물론, 동백 칸나 장미 코스모스 목련과 같은 정원의 화초나 꽃나무들과도 어느새 정이 들고 말았다.

이 초목들은 삶과 문학의 길을 함께 보행하면서 나에게 지속적으로 자연과 언어, 역사와 언어 그리고 저들과 사람과의 관계를 속삭여준다. 그리고 아주 가끔씩은 세상에 대해 나의 섭섭한 부분을 토로하는 수단으로 활용되기도 한다.

세 차례 시집을 내도/독자들은 침묵했다.//네 번째도 고개 돌린/이 땅 풀꽃이 야속도 하여//붓 대신 무릎을 꺾고/꽃 앞에서/울었다.
　　　　　　　　　　　　　　　　　　　　　　　　　—「붓꽃」 전문

　가수보다 노래 더 잘 부르고 서예가보다 붓글씨 더 잘 쓰고, 시인보다 시 더 잘 쓰기를 꿈꾸던 터에 독자의 침묵이 야속하지 않을 수 없다. 그런데 「붓꽃」이 발표된 후 몇 차례 휴대폰 벨이 울렸다. 독자가 아닌, ‘붓 대신 무릎을 꺾고 꽃 앞에서 울었’ 을 나처럼 글을 쓰는 사람들에게서 걸려온 것이다. 이처럼 시는 고독한 장르이고 시인은 고독한 존재일 수밖에 없다며, 스스로 타이르다가도 금방 돌아앉아 힐끗힐끗 독자들의 눈치를 살핀다. 인간적인 것 같기도 하고 가련한 것 같기도 하고…… 어쩜 오십 권의 고서사경이 끝나고 화선지 두께가 두어 차례 턱밑을 넘볼 때쯤이면, 나의 작품도 물같이 바람같이 좀 더 가벼워진 차림으로 자연과 사람 사이를 왕래할 수 있으리라.

　가을 한복판의 새벽 4시 15분, “또르르 또또르르……, 또르르 또또르르” 바보처럼 아직도 제짝 하나 구하지 못한 귀뚜라미가 지치도록 나의 창을 보채고 있다. 보기엔 연약하기 이를 데 없는 등신이고 미물 같지만, 「붓꽃」에 뒤지지 않을 집요함이 사람을 이처럼 깨워 앉힌다. “또르르, 또또르르, 또르르 또또르르……” 세 가지를 버리고 세 가지를 취하라는 하늘의 귓속말이 저 귀뚜라미 소리를 타고 새벽 계단을 굴러 내려오는 것 같다.

파리와의 외출

1

가축분뇨 냄새가 끊이지 않는 우리 마을에는 갈봄여름 없이 파리가 많다. 그중 유별난 파리 한 마리가 우리 집에 살고 있다. 내가 밤늦게 원고작업을 할 때면 책상머리에 꼼짝 않고 앉았다가 불을 끄고 침대에 눕고 나서야 녀석도 머리맡에서 같이 잔다.

대체로 나는 늦잠을 자는 편이었다. 그런데 이 파리가 출현하면서부터 그 달콤한 늦잠 맛을 즐길 수 없다. 창문이 희미하게 밝아오면 녀석은 벌써 내 얼굴 전체를 핥기 시작한다. 제아무리 늦잠꾸러기라 해도 파리의 이토록 진한 애무 앞엔 당해낼 도리가 없다. 결국 파리보다 먼저 일어나는 수밖에 없었다. 새벽 기상이 몸에 배이기 시작한 것도 바로 이 파리가 출현하면서부터이다.

　마을을 벗어나 서부 산업도로에 접어들자 녀석은 좋아서 까불기 시작한다. 이번 동행이 갑작스런 녀석의 생떼로 이뤄진 것이기 때문이다. 나도 시속 팔십 킬로 구간에서 1백 킬로를 밟았다. 그리고 한참을 달렸다. 그 까불던 파리 녀석도 과속이 불안했던지,

　"아저씨, 사회 지도층 인사가 이처럼 과속해도 되는 거요?"

　"뭐 사회 지도층 인사? 너 어디서 그딴 말은 배워서 내 앞에서 문자냐?"

　"요전 날 친구분과 통화하면서 '사회 지도층 인사가 어떻게 음주운전을 하냐'고 농담했잖수!"

　"뭣이? 너 혹시 모 기관에서 보낸 도청용 로봇파리 아냐?"

　그러자 파리는 배꼽 잡고 웃으면서,

　"아저씨 같은 무식한 농사꾼한테 뭘 빨아먹을 게 있다고 도청을 다 하겠냐"는 거다. 뭐라, 무식한 농사꾼? 무슨 의도일까, 내 자존심까지 긁으려 든다.

　"아저씨, 요즘 양희은 창법을 연습하던데, 혹시 파리에 대한 노래 한 곡 불러줄 수 없겠수?"

　녀석이 벌써 나에 대해 별것까지 다 체크하고 있구나 생각하면서도 나는 양희은의 노래 대신 흘러간 뽕짝 〈내가 울던 파리〉를 뽑았다.

"쿵작짝 쿵작짝" 노래에 흥이 겨워 차 속을 정신없이 날아다니는 파리……, 경마공원 언덕을 막 지나 내리막길에 들어서자 나의 94년형 콩코드도 신이 났는지 130킬로의 속도를 낸다. 나와 파리와 고물 콩코드는 이처럼 척척 박자가 맞았다. 그리고 과속단속카메라가 있는 지점에서 잠시 노래를 멈추고 가볍게 브레이크를 밟았다. 차는 정확하게 팔십구 킬로의 속도로 카메라 밑을 통과했다.

그런데 그 까불던 파리녀석이 보이지 않는다. 공기소용돌이를 이기지 못해 밖으로 빨려나간 모양이다. 나는 파리가 떨어져나간 애석함보다 내 노래를 들어줄 대상이 사라졌다는 게 더 섭섭했다. 한편 이제는 녀석이 없으니 늦잠도 잘 수 있고 맛있는 거 혼자 먹게 돼서 좋겠다며 내심 고소하기까지 했다.

2

외출에서 돌아와 넥타이를 풀고 물 한 컵 마시고 책상 앞에 앉았다. 그런데 맞은편 정면에서 꼼짝 않고 나를 쏘아보는 그 무엇이 있었다. 파리였다. 경마공원 근처에서 차창 밖으로 떨어져 나간 바로 그 녀석!

"너 맞지? 바로 너지? 근데 용케도 살아 돌아왔구나."

"……."

파리가 차창 밖으로 떨어져 나간 것이 나 때문이 아니라 바로 너 때문이었다고 침이 마르도록 이야기했다. 거기에다, "너를 잃고 내가 얼마나 슬퍼했는지 모른다"며 펑펑 거짓말을 쏟아냈다. 이 가엾은 '지도층 인사'의 사설과 변명은 궁색하고 비굴했다.

파리는 오래도록 말없이 뒷다리를 들어 한쪽 날개를 자꾸만 쓸어내리고 있었다. 적어도 자기가 창밖으로 떨어져 나왔을 때 잠시 차를 세워서 둘러보는 시늉이라도 했어야 하지 않느냐고 따지려는 눈치 같다. 한참 열변을 토하고 있는데도 파리는 계속해서 뒷다리로 날개 쓸기만을 계속한다.

"야, 너 지금 내 말 듣고 있냐?"

그래도 아무 반응이 없다. 입 안이 씁쓸했다. 그리고 몇 초가 지났다.

"아저씨, 부탁인데요…….”

"글쎄 그 부탁이 뭐냔 말이여?"

나의 언성엔 어느새 짜증이 섞여 있었다.

"아저씨, 먼저 차에서 부르던 노래 계속해 줄 수 없겠수?"

"뭐? 야 너 지금 이 판국에 '최불암시리즈' 하냐?"

"파리 세상에서 죽는 거야 다반사지라우, 근디 '파리'에 관한 노래 한번 들을 수 있다면야 이 파리, 죽어도 여한이 없어라우!"

어쭈, 요것봐라 이번엔 전라도 말투?

"미안하지만 그건 너희들 '파리' 노래가 아니라, 프랑스 '빠리'의 노래야 임마."

“그래도 상관없응께 불러줘요. 제발, 제에발, 플리이즈, 오 넹아이!”

파리는 건망증이 심해서 지난 일에 연연하지 않을 것이라는 나의 예상은 완전히 빗나갔다. 결국,

“쿵작작 쿵작짝, 눈물의 추어억마안 남아 또오다시 울더― 언 빠리―짜―안―”

‘빠리’를 ‘파리’로 발음하면서, “쿵작짝, 쿵작짝” 왈츠 박자를 중간 중간 끼어 넣으며 열심히 파리의 비위를 맞췄다. 내 노래를 들으며 눈물을 글썽이던 파리는 노래를 마치자 천천히 내 어깨에 날아와 앉는다.

“아저씨, 당신은 시인이 아니고 가수였구먼…….”

파리의 목소리에는 진실이 서려 있었다.

그때서야 나도 솔직하게 “인간 사회에선 파리 목숨 정도는 목숨도 아니”라 했다. 그 말에 파리는 “그걸 내가 왜 모르겠수, 헌데 요즘 텔레비전을 보면 사람들 목숨도 파리 목숨이나 별다른 점이 없는 거 같던데요?”라 한다. 그 말에 힘없이 나의 고개가 꺾인다.

파리는 차츰 힘겨운 목소리로 그간 있었던 일을 털어놓았다. 무엇보다도, 그 아득한 사선을 넘고 넘어 악착같이 집에까지 찾아온 이유가 오로지 〈내가 울던 파리〉 노래를 끝까지 듣기 위함이었다는 말에 나는 경악했다.

공휴일 아침, 오랜만에 늦잠을 잤다. 그런데 늦잠 때면 반드시 내 콧등을 간질이던 파리가 오늘 아침에 보이지 않았다. 나는 어젯밤 늦게까지 쓰던 원고를 마무리하려고 컴퓨터 앞에 앉았다. 그리고 책상 메모지 위에 까맣게 죽어 있는 파리 한 마리를 보았다. 허공에 대고 허우적거리던 다리가 이미 멈추었고, 날개 한쪽이 찢겨져 있어서인지 하늘 향한 몸통이 왼쪽으로 약간 기울어져 있다. 실종 당시 받은 충격과 상처를 이겨내지 못한 모양이다.

죽어서야 찾아온 파리 목숨만한 평화……, 그 슬픈 평화가 메모지 위에 가볍게 놓여져 있다. 나는 메모지를 들고 한참 동안 파리의 시신을 바라보았다. 그리고 몸을 반쯤 돌려 "후―욱" 하고 불었다. 쓰레기통 속에서 아득하게 파리 시체 떨어지는 소리가 들려왔다. 대한민국 광복 60주년을 맞는 아침의 일이었다.

미선이 효선이 부르며

유월 문턱을 막 넘어서면 변하는 것 두 가지가 있다. 그 첫째가 하늘 빛깔이고 다음이 들꽃 빛깔이다. 알록달록 현란한 봄꽃들이 떠나간 자리마다 하얗게 색소 빠져나간 들꽃들이 들어선다. 여기저기 들찔레가 타래를 이루고 삘기꽃이 저마다 촛불 하나씩 켜든다. 한때 제주도 전역에 퍼지면서 생태계를 위협하던 개민들레도 차츰 이곳 환경에 길들여지면서 우리 모습을 담아가는 것 같다. 녀석도 어느새 에누리를 알고 타협을 알고, 슬쩍 슬쩍 사람 속일 줄도 안다. 개민들레가 자리를 비우면 그곳엔 다시 '개' 자 돌림의 개망초가 피어난다. 들찔레 피었던 곳에는 인동초는 물론 쥐똥나무 꽃이 피고 간간이 까치수영이 끼어드는가 하면, 아카시아 피었던 산길엔 밤꽃과 산딸나무꽃이 전설처럼 피어오른다.

내 고향 산남 쪽에선 '뺑이'라 하고 산북 제주시에선 '뼁이'라 하고 서울말로는 '삘기'라 하는 '띠'도 이쯤에 꽃을 피운다. 먹을 것이 귀했던 시절 이 여린 삘기를 주머니 가득 까먹고는 이튿날 변비로 고생했던 아린 추억의 식물이기도 한 삘기꽃이다. 초가집이 사라지면서 띠밭도 사라지고, 왕년에는 집단적으로 밀려오던 것이 요즘엔 길가나 무덤 위에 몇몇씩 군락을 이루며 피어 있는 것이 고작이다.

최근 어느 술자리에서 순수문학이니 참여문학이니 하는 진부한 언어들을 들춰가면서 요즘 시인 작가들에 관한 이야기를 했다. 그때 어느 시민이 "문학인 중에서도 민족문학작가회의 소속 문인들은 대체로 정치적 인상을 풍긴다고 했다. 어쩌면 그렇게 보일 수도 있다. 정치적이든 현실적이든 그와는 상관없이 시인이 설자리란 항상 약한 쪽이며 낮은 곳이다. 그 여리고 약한 것들이 어떤 물리적 힘에 유린당했을 때 시인들은 언어로든 몸으로든 저항한다. 그리고 제 할 일 다 했을 때 제자리로 돌아오는 것이 또한 시인이다. 한때 문학이 독제권력에 저항해 온 그 이력을 놓고 민족문학작가회의 소속 시인작가들이 정치적으로 보이는 모양이다.

현실적인 삶과 역사적인 삶의 차이란 어떤 것인가. 현실적인 삶에서는 우선 현실에 몸을 섞는다. 시류와 타협하고 돈과 타협하고 때로는 불의와도 타협한다. 그것이 문학인 경우 독자와 타협하고 인기나 유행과도 타협할 것이다. 그렇지만 세상에서 가장 짧은 단어가 바로 '인기' 와 '유행' 이라는 것을 알았을 때 우리는 돌아와 자신 앞에 정좌하게 된다. 작고 약삭빠른 현실의 톱니바퀴에서 빠져나와 크고 당당한 역사의 톱니바퀴에 물려 있는 삶과 문학! 윤동주가 그랬고 이상화와 한용운이가, 김수영과 신동엽이가 그랬다.

촛불이 하나일 때는 기도의 상징이고, 둘일 때는 제단(祭壇)의 상징이다. 십이요 백일 때는 집회의 상징이요, 천이요 만일 때는 이미 시위의 상징인 것이다. 양심과 법과 질서가 도저히 통하지 않았을 때 약자들은 연대를 이루어 이에 맞선다. 비폭력의 상징이요 약한 것들의 상징이며 진실의 상징인 것이 촛불시위임을 왜 모르랴.

어린 손 천 번을 모으면
하늘도 생각이 바뀌실까

열네 살 뻘기꽃들이
촛불 하나씩 켜들고

미선이 효순이 부르며
마을 쪽으로 가고 있다.

詩라고 끄적이며 나이를 먹다 보니 가끔씩 들녘에 핀 삘기꽃조차 어린 학생들의 촛불시위로 보인다. 우리 여중생 미선이 효순이가 미군 장갑차에 무참히 희생되었을 때 어린 학생들이 촛불 하나씩 켜들고 서울 시청 앞에 모였다. 이와 때를 같이하여 내가 사는 마을 금악오름 삘기들도 촛불 하나씩 켜들고 유월의 들녘으로 모여드는 것이 아닌가.

발자국이 쌓여서 길을 이루고 세월이 쌓여서 역사를 이루고 흰꽃들이 모여서 유월 들녘을 적시고…….

잠 설친 수국 꽃잎에
눈물방울이 푸른 아침

목발 짚은 사내가
꽃 위에 꽃을 얹히네,

미안타, 미안타 하며
절뚝
절뚝
유월이 가네.

"미안타, 미안타……" 역사가 우리 앞에 미안한 건지 우리가 역사 앞에 미안한 것인지 총기난사사건의 빈소까지 찾아와 꽃 위에 꽃을 얹히고선 뻐꾸기 우는 길 따라 절뚝절뚝 분단 조국 유월이 가고 있다.

오백 원짜리 오징어

1

글줄이 막힐 때마다 습관처럼 텃밭에 쪼그리고 앉아 잡초들에게 말을 건다. 제철일 때는 온갖 잡것들이 몰려나와 북 치고 장구 치고 난리를 피지만, 겨울 들어서는 별꽃과 광대나물 두 종류만 썰렁해진 텃밭을 지킨다. 거기에다 광대나물은 지난 폭설 때 거의 파김치가 된 상태이고 보면 별꽃 혼자 초롱초롱 살아 사람에게 눈길을 준다.

누가 뭐래도 별꽃의 매력이라면 새하얀 치아에 있다. 혹시 저들 나라에선 고기와 커피와 담배를 금하고 있는 것일까, 어느 녀석 하나 누런 치아가 없다. 그렇고 보면 자신이 가장 예쁜 쪽이나 매력적인 면이 카메라에 찍히기를 바라는 것은 꽃이나 사람이나 매한가지인 것 같다. 수년 전 어느 장수촌을 취재하던 중 골절상을 입어 몸도 가누지 못하시던 당시 103살 할머니도 카메라 앞에서만큼은 스스로 머리를 쓸어 올리는 것을 보았지 않는가. 그래서 녀석들도 내가 나타나기만 하면 혹시 카메라에 찍히기나 할 것처럼 "이—" 하고 그 예쁜 치아를 애써 다 드러낸다.

"아자시, 아까 방금 오징어 구워 먹고 나왔지요?"
"어쭈, 니들이 그걸 어찌 알어?"
그렇잖아도 오징어 다리 두 개를 물고 한참 질겅거렸더니 턱이 아직 얼얼해 있는 상태다.
"척하면 삼척이지요, 우리가 아자시랑 한 울타리에 산 것이 어디 하루이틀이유? 아자시 눈빛만 봐도 무얼 훔쳐 먹었는지 아니면 여기저기 사람들 비위맞추느라 딴소리 하고 돌아다니는 거 우리가 모를 줄 아슈?"
"아니 훔쳐 먹다니, 이번 설 때 어느 미인 독자가 택배로 보내준 특품 강원도 오징어를 구워 먹은 것뿐인데 그걸 훔쳐 먹었다니!"
"아자시, 화내지 말아요. 혼자 먹은 거나 훔쳐 먹은 거나 별꽃세상에선 똑같은 죄로 취급해서 그래요."
그렇다면 녀석들은 내가 어제 문학스터디에서 두 시간 분량 나불거렸던 내용 중 90퍼센트가 뻥튀기라는 사실을 알고 있단 말인가. 생각이 여기까지 미치고 있을 때,

"아자시가 작품 쓴답시고 컴퓨터 앞에 앉아선 '아—씨발, 아—씨발!'을 연발하며 밤새도록 인터넷 고스톱에 빠져버린 다는 것은 이미 세상이 다 아는 사실이잖아요."

"으—음."

저들과 입씨름에서 내가 이미 꼬리 내리고 있다는 사실을 알아차린 별꽃들은 요때다 싶어 요즘 나의 비리나 치부를 낱낱이 들춰대고 있었다. 고성능 무인카메라와 도청장치가 구석구석에 쫙 깔려 있는 판국에 굳이 아니라고 변명하고 싶지도 않았다. 내가 변명할수록 이보다 더한 사실들이 하나하나 세상에 까발려질 것이고, 저들이 바로 그 점을 노리고 있다는 것쯤은 나도 알기 때문이다.

"그렇다면 니들, 요즘 시끌벅적해 있는 황 모 박사 건에 대해서도 그 진실을 알고 있냐?"

"아—, 그 속눈썹이 긴 미남 박사의 줄기세폽가 베아세폽가 하는 그거요? 그 정도야 알다마다요. 알아도 모른 척하는 거지요. 우리 입이 뻥긋했다간 여러 고을이 시끄러울 거고……."

대화가 이쯤에 이르자 맑았던 하늘에 커다란 구름덩이가 몰려온다. 그래서 이야기는 다시 오징어 쪽으로 돌아왔다.

"얼마짜리 오징어였지요?"

가자미 눈깔을 한 녀석이 내가 구워먹은 오징어 가격을 묻는다. 갈수록 이들 별꽃의 위세에 밀려 나는 "천 원짜리는 될 만한 크기였다"고 얼버무리면서 요즘은 연탄불이 아니라 가스

렌지에서 굽는다고 말했다. 그러자 또 한 녀석이 넌지시 사람을 올려다보며

"아자시, 천 원짜리 오징어를 불 위에 얹혔을 때 어떤 모양을 하던가요?"

나는 어느새 청문회석상에 불려나온 꿀 먹은 정치인처럼 별꽃들의 노리개가 돼 있었다.

2

천 원짜리 오징어는 불 위에 놓자마자, "빠지지지직" 소리를 내면서 머리와 다리 그리고 몸통을 한꺼번에 비비 트는데, 그 동작이 작은 만큼 전체 오그라드는 시간이 짧다. 그러나 3천 원짜리 오징어를 불 위에 올려 놓았을 때는 짧은 다리 긴 다리 순으로 느긋하게 오그라들면서 머리에서 몸통으로 전달되는 파장이 느리고 길다. 그래서 두 쪽 다 오징어를 굽고 나면 짧은 다리 부분은 까맣게 타버리고 만다. 이처럼 일정한 질량의 아픔을 두고 그에 대처하는 형태는 사람에 따라 다르다는 것을 연탄불 오징어가 말해 주고 있었다.

연탄불 위에 얹혀 놓은 오징어의 모습처럼 천 원짜리는 천 원짜리답게, 이천 원짜리는 이천 원짜리답게, 그 특유의 눈과 입 그리고 팔과 다리를 비틀던 만년 코미디언 백남봉, 그토록 노련한 연기로 TV 앞에 앉은 사람까지 눈물 핑 돌게 만들었던……, 아주 오래 전 이야기인데도 오징어를 구울 때면 경기

환자의 발작증세처럼 몸을 비틀던 그때 백남봉 모습이 떠올려
지곤 한다.

"아자시가 오징어라면 천 원짜리에요 3천 원짜리에요, 아니
면 오백 원짜리에요?"

녀석들의 질문은 집요하면서도 아주 얄미운 데가 있다. 왜
하필 2천 원도 4천 원도 아닌 '오백 원'을 들추면서 사람의 자
존심을 긁어내리는 것일까. 요즘 딴 데 신경 쓰느라 이들 텃밭
식구들에게 관심을 보이지 않아서일까. 아니면 그 폭설 속에
서도 살아남아야 했던 겨울 잡초들의 또 다른 뜻을 헤아리지
못했기 때문일까.

이번 폭설 때도 별꽃이나 광대나물이 있는 초록빛 주변에는
눈이 빨리 녹았다. 겨울 보리밭이 그렇고 양배추나 블록콜리
가 심어진 밭에는 항상 눈이 빨리 녹는다는 사실을 뒤늦게야
알게 된 것이다. 그렇다면 겨울 식물의 엽록소에는 분명히 추
위를 견딜만한 에너지원이 숨겨져 있단 말인가. 하긴 눈밭 복
수초에도 섭씨 40도의 온도를 뿜어 눈을 녹인 다음 제 꽃송이
를 피워 올린다는 이야기를 주워들은 바가 있다. 어쨌거나 시
대가 어렵고 추워질수록 서로 스크럼을 짜고 열을 발산하는
겨울 잡초들은 저들 스스로 몇 키 높이의 눈을 다 녹인다.

"왓샤 왓샤!! 왓샤 와샤!! 왓샤 왓샤 왓샤 왓샤!!"

〈전원에세이〉 글감도 제대로 찾지 못하고 막 일어서려는데 등 뒤에서 스크럼을 짠 별꽃들의 초록빛 함성이 사람을 놀라게 한다.

"쟤들은 왜 또 저래?" 라고 내가 묻자

"이번 주말에 입춘 한파가 몰아친다는 기상예보를 듣고 저래요. 저렇게 저들끼리 힘을 모으고 추위를 버티려는 별꽃들이 부러워 죽겠어요."

지난 폭설 때 허리뼈가 부러져 흐느적거리던 광대나물이 양 짓녘에 누운 채 코맹맹이소리로 말을 걸어온다.

"제 동료들은 이번 폭설로 절반 이상이 죽었어요. 근데 참 깜박할 뻔했네요. 우리 아빠 광대가 숨을 거두시면서 『농업사랑』 올 1월호에 저희 광대나물에 대해 너무너무 잘 써준 김영숙 시인께 꼭 고맙다는 인사를 여쭈래요."

나는 풀꽃 이야기 필자가 '영화 榮' 김영숙이 아닌 '곧을 貞' 김정숙이라 말하고, 그 광대나물 사진은 내가 찍은 것이라고 자랑할까 하다가 그만두었다. 그리고 이번 달 〈전원에세이〉는 펑크를 낼까 보다 하고 혼자 중얼거리는데,

"아자시, 오늘 텃밭에서 있었던 얘기를 고스란히 옮겨 쓰면 되잖아요."

"그랬다간 독자들이 글 너무 가볍게 쓴다고 나무라지 않을까?"

"괜찮을 걸요, 다만 제목을 '오백 원짜리 오징어' 라 붙여보

세요!"

"으—음."

이토록 초죽음 상태에다 우매한 것 같은 광대나물도 '아저씨' 보다 격이 한 단계 아래라는 '아자시' 란 호칭을 고집하며 거기에다 나란 존재는 오백 원 이상은 결코 될 수 없다는 점을 끝내 강조하고 있잖은가.

이런 제초제 맞아 죽을 노옴!! 그래도 태연한 척, 나는 "고맙다, 고맙다"를 반복하면서 풀어진 녀석의 머리를 쓰다듬어주고는 허둥지둥 방으로 돌아왔다.

꿀 풀 꽃

빨강 노랑 파랑 등 많고 많은 색깔이 있음에도 왜 녹색을 띤 꽃잎은 없는 것일까. 잎과 줄기와는 서로 대조적인 빛깔을 드러냄으로써 벌 나비 등에 꽃이 쉽게 발견되도록 조치한 신의 배려가 아닐까. 어쨌든 이 만개의 순간, 꽃들은 주변 곤충이나 인간들에게 자기의 성적 에너지가 최고조에 도달해 있음을 알린다. 이처럼 초원은 아직 인간이 감지하지 못하는 의미로 충만해 있으면서, 모든 꽃들에게 곤충이나 동물과의 밀거래를 위해 별도로 은유의 수법을 마련해 둔 것이다.

결국 이러한 꽃들에 대해서 그만큼의 노력봉사(?)를 해야 하는 꿀벌이 있는 반면, 식물들은 이들에게 화려한 눈요깃감과 꿀을 제공함으로써 이들 곤충들을 가장 확실하게 자기의 생식기관으로 끌어들인다. 그래서 식물들은 곤충들과의 밀접한 교

섭을 통하여 자손 번식의 최종목표를 달성해나간다. 모름지기 식물세계에서는 인간의 미적 욕구에 기준을 맞춰야 한다는 점을 간파하면서 이제는 야생화들까지 합세, 인간세상 한복판으로 추파를 보내고 있는 형편이다.

그 지능적이면서 현란한 식물의 전략에 말려든 꿀벌들이 있는가 하면, 그 꿀벌과 한 가족을 이루면서 하루하루 꿀벌에게 삶의 지혜를 채득해 가는 한 여성 양봉가가 있었다. 제주시 구좌읍 세화리 정연희 씨, 당시 '친환경농사법' 이라는 고상한 어휘에 홀딱 반해 고향인 충북 음성에 귀농해서 2백 상자를 기대했던 친정집 포도밭에 고작 스무 상자 소출에 그쳐 다시 도시로 돌아왔다는 이야기, 그래서 당초 전공인 애니메이션 분야에 10년 정도 종사하던 중 딸아이 첫돌기념으로 제주도 여행을 왔다가 다시 또 자연의 매력을 뿌리치지 못해 이곳에 정착하게 되었다는 그녀.

제주에서도 남편과 함께 친환경농사를 시작했고 초보자의 친환경농법으로는 도저히 네 식구 생활이 어려웠다는 그녀, 그래서 남편은 전공 따라 서울로 가고 이제는 어린 두 딸을 유치원과 초등학교에 보내면서 혼자 양봉업을 하고 있단다.

꿀벌은 몸집에 비해 날개가 작아 좀처럼 날 수 없는데도 날고자 하는 강한 욕구 때문에 날 수 있다는 이야기며, 여왕벌 수명이 2년 정도 장수인데 비해, 일벌 수명은 고작 40일에 지나지 않는다는 이야기며, 여왕벌이 부실하면 일벌들이 그 왕벌을 집밖으로 쫓아낸다는 이야기며, 일벌에게 설탕을 많이 주면 체중이 늘고 게을러지면서 병에 쉽게 걸린다는 말을 덧붙이는 그녀는 이미 자연의 눈을 통해 인간 세상을 바라보는 안목은 물론 저들 속에 내장된 자연의 균형감각까지 터득하고 있는 것 같았다. 무엇보다 그녀는 도시에서 태어난 아이들이 이곳 재래식 변소 사용에 익숙해진 것을 자랑한다. 이 딸들에게 장차 우리보다 더 열악한 환경의 어린이들을 찾아가 일을 할 수 있도록 미리 준비 훈련을 시키고 있었던 것이다.

그녀의 양봉 현장까지 가서 사진 몇 장 찍고 돌아 나오려는데 유월의 초원은 보란 듯 아주 섹시한 보랏빛 꿀풀꽃 무더기를 군데군데 피워 올리고 있었다. 자연은 이처럼 인적 뜸한 곳까지 꿀과 씨앗이라는 담보물 이외에 아름다움이라는 또 다른 신비를 숨겨 놓고 있었다. 거기에다 꽃에 내장된 시각 후각 촉각 등 이처럼 갖가지 수단을 활용하여 특정 곤충은 물론 사람과도 소통하도록 하는 보살핌은 어디에도 예외가 없는 것 같다. 그래서 오늘도 물과 햇빛을 보다 가치 있는 세계 즉 시와 사랑으로 탈바꿈시키려는 작업을 벌이고 있는 것이다. 여기에 빠질세라, 좀 전 카메라를 들이대던 내 팔뚝에다 따끔따끔 벌침을 쏘아대던 또 다른 동료 꿀벌들까지 따라와 이 숭고한 자연의 역사(役事)에 열심히 힘을 보태고 있지 않는가.

　며칠 후 〈이신비양봉〉이라는 표시의 꿀 한 병이 배달돼 왔
다. 그 빨갛고 예쁜 포장상자를 뜯는 순간 "웬만해선 설탕을
주지 않기 때문에 우리 벌들은 몸집이 작아요."라고 말하던,
그 꿀벌처럼 작고 부지런해 보이던 여성 양봉가의 모습이 떠
올랐다. 이어서 유난히 폭우가 잦았던 장마 때문에 더더욱 수
척해진 꿀벌들이며, 비 오는 초원에서 하염없이 그 벌들을 기
다리다 지쳐 깊은 우울 속에 잠겨 있었을 꿀풀꽃 송이 송이가
내 상상의 그림판 위에 포개지고 있었다.

손에 관하여

생애에 가장 길었던 밤

베개가 끈적거리는 것으로 봐서 그 액체가 피었음을 직감했다. 병수발하시던 어머니는 침대 옆에 쭈그린 채 잠들어 계시고, 그 작은 병원의 당직 간호사도 졸고 말았는지 자정이 훨씬 지난 병실엔 아무도 오지 않았다. 다만 나 혼자 양쪽에서 쏟아지는 코피를 손등으로 하염없이 훔쳐내고 있었다.

정확한 병명도 모른 채 제 발로 걸어 들어와 입원한 지 닷새만에 벌어진 일이다. 진찰 전에는 병실 복도에서 담배를 피웠던 내가 불과 몇 분 만에 담배 냄새를 맡고 곧바로 구토증을 느낄 정도로 병세는 악화일로에 있었던 것임을 알 수 있다. 그도 그럴 것이 정상인의 백혈구 수가 3천인데 비해 혈액검사 후의 백혈구 수치는 3만에 이른다지 않는가.

대퇴부와 무릎 통증이 견딜 수 없어서 정형외과의원을 찾았지만, 초기진단 결과 대퇴부 통증 정도는 문제도 아니라며 인근 내과의원으로 보낸 것만 봐도 나의 병증은 심각할 정도의 수준은 이미 넘어선 단계라는 것. 그리고 병실에 들어와 손을 잡으며 꺼져가는 나의 몰골을 바라보는 문병객들의 표정에서 절망이 머지않다는 것을 읽어낼 수 있었다. 마침내 마지막이 될지도 모른 날에 그토록 고독한 출혈의 밤을 치르고 있었으니.

얼마쯤 지났을까, 이 중환자의 병실에 노크도 없이 슬며시 들어서는 그림자가 있었다. 그리고 침대 가까이 다가와 조심스레 살피는가 싶더니 갑자기 불을 켜며, "간호원 비상!"을 외치는 것이었다. 어머니가 깨어나시고 간호사도 눈을 비비며 병실로 달려왔다.

곧바로 한 뼘 정도의 심지를 양쪽 코에다 집어넣으며 "아무리 힘들어도 이 심지를 뽑으면 절대 안 돼요, 반드시 참아내야 돼!"라고 당부하는 원장의 어조에는 절박감이 서려 있었다. 가뜩이나 호흡이 어려운데……, 아픈지 힘이 드는지 고통을 드러낼만한 힘이 나에겐 없었다. 그런데 그때 그 노련한 의사의 모습은 단순히 병원 원장의 차원을 넘어 마치 하늘에서 내려보낸 거룩한 신령님 같았다. 때문에 그 길고 긴 밤을 참으면서

위기의 순간을 겨우 넘길 수 있었던 것이다.

그 밤 나의 목숨이 바람 앞에 촛불보다 더 위태로웠다는 것을 한참 후 친구에게 전해 들었다. 당시 병실 옆을 떠나지 않는 사내 둘이 환자의 친구임을 알았던지, 원장이 직접 당신 방으로 친구들을 불러 그때 상황을 이야기하더란다. 만약 원장이 그 시각에 꿈을 꾸지 않고(꿈의 내용은 알 수 없지만) 그냥 잠을 자버렸다면 병원에 올 이유도 없었으려니와, 피가 내부에서 응고, 결국 나는 기도(氣道)가 막혀 죽었을 것이라고 했다. 그런 절대 절명의 순간 그 노회한 의사는 꿈에서 깨자마자 자택에서 곧바로 병원으로 달려와 나의 양쪽 코에 심지를 꽂아 출혈을 막을 수 있었다.

1974년 2년간의 일본 유학을 마친 나는 아직 초보단계인 감귤 재배기술 보급에 미력이나마 보탬이 되려 했다. 일본에서 구입한 수백 권의 원예전문서적을 탐독하면서 낮에는 밭에 나가 일을 하고 여기저기 강의도 나가면서 농가의 어려움과 실제 현장 경험을 쌓아나가던 중이었다. 그 이듬해 가을, 당시 제주도감귤기술양성소의 강의도중 쓰러질 정도로 건강상태가 말이 아니었다. 과로 반 영양실조 반의 스물아홉 살 때 당시 체중이 고작 50킬로 안팎이었으니 병증은 벌써부터 예고되어 있었다.

며칠 후 원장은 이 가엾은 환자를 퇴원시킬 수밖에 없음을
안타까워했다. 사망선고나 마찬가지였다. 집에 도착하기 전에
숨이 멎을 수도 있다면서 제주도에 단 한 대 뿐인 독일제 앰뷸
런스를 이용토록 했다. 그날 오후 늦게 5.16도로를 넘어오는
차창 밖으로 어쩌면 마지막이 될지도 모를 저녁노을을 보면서
나는 눈물을 흘렸다.

목숨은 어쩜 질긴 것이어서 보름이 넘도록 나는 살아 있었
다. 골방에 격리된 채 사위어가는 나의 목숨을 내가 지켜보고
있었다. 며칠 후 나는 가족들을 불러 앉히고 유언 비슷한 말을
남겼다. 그리고 마지막 한마디, "서울종합병원에 한번 가 보고
싶다"고 했다. 그 한마디로 사십 킬로에 미치지 못하는 해골
같은 몸이 다시 복잡한 과정과 수속을 거치면서 서울 큰 병원
에 입원하게 된 것이다.

일 년 가까이 이승과 저승을 들락거렸다. 왼쪽 대퇴부의 만
성골수염, 간경화 직전까지 갔던 만성간염, 하복부에 가득했
던 늑막과 복막염, 폐 한쪽이 거의 썩어버린 폐농양 등의 합병
중에서 살아난 것은 한마디로 기적이었다. 박동이 멎을 정도
로 약해진 심장 때문에 마취를 할 수가 없어서 망치와 끌질로
뼈를 깎아내던 수술대의 상황도, 뼛조각을 뚝뚝 떼어낼 때 두
개골을 진동시키던 그 공포의 '빼찌질'을 멀쩡한 정신상태에

서 견뎌낼 수밖에 없었던 것이다. 실제로 마취도 하지 않고 뼈 깎기를 체험했던 나로서 그 후 "뼈를 깎는 아픔" 운운하는 따위의 표현을 하지 않기로 했다.

1년 후 목발 짚고 마당에 들어서는 아들의 목을 껴안고 "아이고 내 새끼, 아이고 내 새끼" 하며 어머님은 한참을 우셨다.

어느 알코올중독자의 기지(機智)

그로부터 다시 5년 후 아내와 나는 뜻밖의 사고로 화염 속에 갇히고 말았다. 두어 평 정도의 공간 출구 쪽에서는 강력한 힘으로 불꽃이 뿜어져 나오고 있었다. 나는 아내를 안아 2미터는 족히 넘을 콘크리트 벽 밖으로 던졌다. 그리고 혼자 그곳에 남았다. 순식간에 전신의 살갗이 불룩불룩 부풀어 터졌다. 피가 흐를 틈도 주지 않고 화염은 상반신 전체에 파고들었다. 화염 속에서도 가스통은 선명하게 보였고 나는 그것이 터지기를 기다렸다. 그 순간엔 고통이나 공포 따위는 없었다. 그저 담담한 마음으로 가스통이 폭발하는 것을 기다릴 뿐이었다. 이왕 죽을 바엔 저 통이 폭발하는 것을 보면서 나도 산산조각 부서지리라. 그런데 한참을 기다려도 가스통은 폭발하지 않았다. 그렇다면……, 살아야 한다!

한쪽 벽을 뛰어넘으려고 힘을 썼지만 뜨겁게 달귀진 슬레이트 지붕은 불탄 나의 손에도 쉽게 부러지고 말았다. 그런데 내가 어떻게 그 벽을 넘을 수 있었을까. 솔직히 나도 잘 모르겠다.

해군 시절, 당시 함상근무(艦上勤務) 사병들도 육상에서 공수와 유격훈련을 받았다. 그때 경험한 것이지만, 평소에는 전혀 넘지 못하는 장애물도 어느 정도의 기합을 받고 어깨에 힘이 빠진 다음 시도해 보면 의외로 쉽게 넘을 수 있다. 그렇다면 그 절망의 벽을 뛰어넘을 수 있었던 것도 그 어떤 상식 밖의 힘과 방법이 따라줬기 때문일지 모른다.

어쨌든 그 속을 빠져나와 한길까지 뛰어나갔을 땐 이미 전신이 까맣게 타버린 후였다. 그런데 이때도 예기치 못한 한 사람이 그 새벽에 달려나와 기가 막힐 정도의 응급조치를 취해 준 것이다. 다름 아닌 우리 집 맞은편 구멍가게에 아침마다 잔술을 사마시는 알코올중독의 아랫동네 아저씨다.

그분은 새벽에 눈을 뜨자마자 이 구멍가게까지 한참을 걸어와 마른멸치 안주에다 한 고뿌(잔) 백 원 하는 한일소주 마시는 순간이 가장 행복하다 했다. 그분은 그날도 이른 시각에 이곳 구멍가게에서 그 사기고뿌를 기울이고 있었던 것이다. 그러다가 까맣게 탄 상태로 한길로 빠져나온 나를 본 순간, 진열대의 소주 됫병 두 개를 따고 달려와 나의 전신에 쏟아 붙는 게 아닌가. 그리고는 때마침 서귀포로 가는 택시를 막아 세우고 다짜고짜 그 손님들을 끌어냈다. 담요 한 장을 가져오게 한 후 그 담요로 나의 몸을 싸고는 택시 안으로 밀어 넣으며 "어서 빨리 병원까지 싣고 가요!" 거의 명령조의 어투로 택시기사를 다그치는 것이 아닌가.

그때 그 아저씨는 결코 나약한 알코올중독자가 아니라 전장에서 펄펄 날으는 용사처럼 보였다. 첫 번째 병원은 아직 문이 닫혀 있었고, 두 번째 병원에 들어서서야 나는 정신을 잃었다.

지금 그분은 이미 이 세상 사람이 아니시다. 그날 아침 거기서 나의 몸에다 소주 두 되를 쏟아 붇지 않았다면, 그 화기가 몸으로 들어와 나는 죽고 말았을 것이라는 것이 그 후 주변사람들 이야기다.(그분 유족과의 협의가 되지 않은 상태여서 당사자의 실명은 밝히지 않겠다)

고마우신 가짜 의사님

서울에서 일단 목숨을 건지고 나는 병원 치료비를 감당할 수 없어서 퇴원할 수밖에 없었다. 그때는 일반인의 의료보험도 제도도 없었을 뿐만 아니라, 불량 가스통으로 가스를 공급한 기업체 회장은 도내에서 막강한 권력을 갖고 있는 터라 경찰도 언론도 내 편을 거드는 척하면서 끝내는 유야무야 아무런 힘도 돼주지 않았다.

서울 병원에서 제주도로 내려온 후 서귀포 어느 조그만 의원의 비좁은 병실에 아내와 같이 입원했다. 첫돌 넘긴 아들은 화상 입은 엄마 아빠 얼굴을 약간 경계의 눈빛으로 한참을 바라보았다. 분명히 제 엄마와 아빠인데도 얼굴은 그전 얼굴이 아니었다. 그러나 녀석은 넉 달 동안의 할머니 품에서 슬그머니 빠져나와 제 엄마의 가슴에다 얼굴을 묻었다. 그리고는 얼굴 들어 엄마의 얼굴 보기를 몇 차례, 이어서 손가락으로 나를 가리키며 "아—빠."라 했다.

6개월이 지나도 양쪽 팔엔 붕대가 감겨져 있었고 상반신 대부분은 몹시 따가운 상태였다. 그러나 이때부터 육체적 고통보다 우리 네 식구의 먹고 사는 경제적 문제가 더했다. 병원 좁다란 방에서 생활하면서 당장 먹을 밥이 없을 정도다. 돈이 될 만한 것은 아무것도 없었다. 그리고 집체만한 빚덩이가 우리 부부를 짓누르고 있었다. 결국 병원비가 없어 시골 병원에서조차 퇴원 권유를 받아야 했다.

우리 네 식구는 아프고 배고팠다. 아직 붕대를 풀지 않은 손으로 신문사에 편지를 썼다. 신문사 기자가 우리 셋방에 찾아와 몇 자 적고 가더니, 며칠 후 그 기자한테서 제주시내 모 병원에서 무료 치료를 자청하고 있다는 연락이 왔다.

무료 진료를 자청한 병원의 내과과장의 방은 박사학위증을 비롯해서 일류대학 졸업증, 무슨무슨 회원증, 무슨무슨 감사

패 등이 즐비했다. 그리고 별 진찰도 없이 주사와 약을 처방했다. 비록 통근 치료지만 약효가 있어서 잠을 잘 수 있었다. 그리고 3주가 지났을까. 그토록 친절하던 의사의 얼굴이 흑빛으로 변해 있었고, 당일 진료조차 거부하면서 그 이유는 나를 소개한 기자에게 물어보란다.

3일쯤 지났을까, 당시 도내 유일한 지방일간지 사회면 상단부에 "가짜 의사 시내 모 종합병원 김○○ 과장 긴급구속"이라는 머리기사 바로 옆에, 어디서 많이 본 듯한 얼굴의 큼지막한 사진, 바로 그였다. "아, 그랬었구나!" 나는 아무 말도 할 수가 없었다.

그분이 진짜면 어떻고 가짜면 어떠랴, 위선(僞善)의 한 방편으로 내가 이용된들 어떠랴. 그 기나긴 병중에, 그 절박한 상황에서 아무 조건 없이, 심지어 제주시 왕복 교통비까지 대주시며 내 아픔을 덜어주신 사람은 오직 그분 혼자였지 않는가. 설령 그분에게 면회 한번 가 보지 못하고 그 후 연락도 못한 상태이지만 내 기억 속엔 고마운 분으로 오래 남으리라.

팽나무의 모습으로

마을 공동묘지로 가려면 마을 입구의 팽나무 밑을 지나야 한다. 5백 년생의 그 팽나무는 나무 체내의 영양 흐름 때문인지

가지별로 단풍이나 낙엽의 정도와 시기가 조금씩 달랐다. 우리 마을엔 사람이 죽으면 장례를 치러주는 ㅅ상(死喪)접이라는 계(契)가 있었다. 비바람 몹시 사납던 1985년 초겨울 새벽, 마침 동네 어른이 돌아가셔서 그 계원(契員)이던 나도 장의행렬에 끼어 그 팽나무 밑을 지나고 있었다. 하마터면 나를 실은 상여도 세 번씩이나 지났을 그 팽나무 길이 아니던가. 그때마침 오랫동안 낙엽을 참고 있던 팽나무 한쪽 가지가 상여 위로 가랑잎을 쏟아내고 있었다. 비, 바람, 가랑잎 그리고 비에 젖은 장의행렬…… 순간, 말로는 쉽게 표현할 수 없을 정도의 묘한 이미지 한 점이 나의 뇌리 속에 각인되고 있었다. 그날로 그 팽나무는 책상 서랍에 팽개쳐둔 원고지를 다시 펴게 했다. 5년 전 화상 치료 당시 주치의 앞에 꺼냈던 한마디, 바로 "글을 쓰겠다"던 자기암시가 마침내 실천으로 옮겨지는 단계라 볼 수 있다.

1987년 8월 30일 태풍 다이아나(DIANA)호에 쓰러진 팽나무는 1988년 내가 신춘문예 당선되어 찾아갔더니 반년 남짓 길 위에 쓰러져 있던 모습이 자취도 없이 사라지고 없었다. 마을에서 그 팽나무 신께 제사를 올리고 철거한 후였다.

어릴 때 동네 어린이 놀이터 구실을 하면서 우리를 키워주더니, 온갖 시련 다 겪은 후 한 장의행렬의 뒤를 따르던 나에게 그토록 강렬한 시상을 던져주는 것이 아닌가. 5백 년 남짓 마을 입구에서 그 인고의 세월을 다 보내고는 세상에서 가장 무

식한 시인의 신춘문예 당선통보를 받고서야 영원히 그림자를
거두었던 팽나무…….

오백 년 더딘 육신 여울목에 지고 서서
한라산 바라보다 등을 돌려 씹는 슬픔
나직이 드리운 형상 물 그리던 할머니.

보채는 하늬바람 등에 업어 추스르고
가슴 저려오면 가지 끝에 타는 노을
어머님 눈물 감추시듯 외로 지던 가랑잎.

아득한 그 이름은 달 되었나 별 되었나
차라리 눕고 싶어 머리 풀고 기댄 세월
회한도 옹이 될 무렵 철이 드는 고향 하늘.

―처녀작 「흑 통퐁낭」 전문

지금 읽어 보면 부끄럽기 그지없는 내용이지만, 이 작품이야
말로 나를 문학인이게 한 처녀작이다. 아마도 이 팽나무에 관
한 기록은 내가 찍어둔 사진 몇 장과 처녀작 「흑 통퐁낭」이 전
부일지 모른다.

앞에 설명한 그 알코올중독의 아랫동네 아저씨는 나의 육체
를 구해 주신 다음 세상을 뜨셨고, 이 팽나무는 나약할대로 나
약해진 내 영혼에 새로운 기름을 부어주고는 5백 년의 그림자

를 거둔 셈이다. 지금쯤 동네 사람들의 기억에서 이미 지워지고 있을지 모를 존재들…… 그러나 이 두 존재야말로 고향에 대한 모든 아픔을 치유해 주는 감사의 대상으로서 지금도 내 가슴속에 자라고 있다.

지금 그 손으로

나의 손가락은 아홉 개 반이다. 65% 3도 화상을 입었을 때 당시 지방 병원에서는 거의 사망을 예견했다. 따라서 화상에 대한 기본적 응급조치 역시 충분하지 않았던 것도 짐작이 간다. 당시 아버님께서도 "어차피 죽을 자식인데 끌고 다니면서 길에서 죽이기 싫다"시며 서울 병원에 가는 것을 탐탁하게 여기지 않으셨다.

전신을 붕대로 감싼 채 서울에 도착한 시각이 초저녁이라는 것을 기억한다. 그리고 나를 본 당시 병원 의사나 간호사들 중에는 전에 나의 목숨을 건져준 김 모 과장님과 이 모 간호과장님 등이 내 모습을 보고 침통해하시던 모습을 기억한다.

손톱이 거의 빠진 상태에서 손가락이 서로 붙어버리고 결국 이 손은 아무런 쓸모가 없어지고 만다. 외국까지 가서 2년간 익힌 감귤전정기술은 아무 효력도 발휘하지 못하게 돼버린 것이다. 목숨은 건졌지만 꿈 없는 목숨이 허수아비와 다를 게 뭐람. 그러나 어느 순간, "나는 미래의 작가"라며 콧대를 세우고 다녔던 기억, 고등학교 시절 문예부장을 맡으면서 러시아 체홉과 톨스토이, 오 헨리 등의 단편소설에 빠져 있으면서 한편으론 헤밍웨이의 〈노인과 바다〉와 안톤슈낙의 수필 등을 원고지에 베껴 썼던 기억을 떠올렸다.

결국 주치의에게 "이 손으로 글만 쓰게 해달라."고 간청했다. 그러자 그 주치의는 "아 고정국 씨, 글을 쓰세요? 걱정 말아요, 이참에 노벨문학 수상작을 쓸 손으로 바꿔드릴 테니!" 하며 당시 백병원 성형외과 과장은 나에게 용기를 심어주었다. "이 손으로 글을!" 그건 분명 운명적인 자기암시였다.

이제 병마를 치른 지 33년, 화상을 입은 지도 벌써 28년이란 세월이 흘렀다. 시간은 주변을 변화시키고 있었다. 부모님은 물론 그때 나를 걱정하시던 많은 분들은 나보다 앞서 세상을 뜨셨다. 특히 화상 환자의 심한 악취에도 불구하고 틈만 나면 옆에 다가와 얼굴의 거즈를 눌러주시던 내 친구의 부인, 高春花 아주머님이 6년간의 암투 끝에 먼저 가셨다. 지금도 노래방엘 가면 남인수의 〈산유화〉 노래를 부르면서 우리 아주머님을 기린다.

한편 사고 발생 6개월이 경과한 후 우리 식구의 극빈의 기회를 틈타 부하직원을 시켜 고작 2백만 원을 건네주고는 "앞으로 법적 도의적 책임을 절대 묻지 않겠다"는 각서를 챙겨갔던 그 회장님도 생각보다 빨리 세상을 뜨셨다.

세상에 가장 맛있는 반찬은 뭐니 뭐니 해도 '자화자찬'이다. 사랑하는 나의 딸 상희는 엄마 아빠가 서귀포 병원에 입원해 있을 때 새벽 버스를 타고 병원에서 통학했고, 그 쪼그만 것이 시장을 보며 우리 세 식구를 먹여 살렸다. 그 암담한 환경에서도 초등학교 6년, 중학교 3년, 고등학교 3년, 도합 9년 개근상을 이 부모에게 안겨주었다. 이제 녀석도 어엿한 가정주부로서 아들 둘 낳고는 친정에 올 때마다 제 새끼 자랑에 침이 마른다.

아들놈도 자기소개서에다 제 잘난 것은 쓰지 않으면서 장애인 등록도 않았다는 부모 자랑 고향 자랑 모교 자랑만 딥다 써넣는 것 같더니, 지난 봄 한국 젊은이들이 가장 선호한다는, 아니 신의 자식들만 들어갈 수 있다는 어느 국영기업체에 떠억허니 붙고는, 이 한 많고 설움 많은 아빠의 가슴에다 그 빛나는 합격통지서를 안겨주는 것이 아닌가.

나의 손은 유난히 작은 편이다. 녀석들은 아주 각별해서 주인의 눈치도 살피지 않고 왼손이 오른손을 어루만져 주면 오른손이 왼쪽 손등을 비벼준다. 저들 나름의 사명(使命)이랄까 존재 이유가 무엇인지를 알기 때문이다. 누가 내 손금을 보더니 "별을 쥐고 있다."고 했다.

내 마지막 경작지엔

그 가물가물한 기억의 끝을 돌이켜보면 인생이 결코 짧은 것만은 아닌 것 같다. 올해 초 환갑기념으로 고향 뒷산에 자그맣게 녹차밭을 만들었다. 나의 삼농주의(三農主義) 마지막 경작지인 셈이다. 그곳에다 우리나라에서 가장 예쁜 황토집을 짓고 친환경 녹차를 가꾸면서 여태 나에게 도움주신 분들께 녹차 덖어 보내드리면서 인생을 마무리하는 시집과 산문집 한 권씩을 쓸 계획이다.

그런데 "그 예쁜 집 지을 돈을 누가 준데?" 하고 아내가 묻는다. 나는 그때마다 화상 입은 손가락으로 어딘가를 가리킨다. 그 손가락을 따라 아내의 눈길은 어느새 하늘로 향해져 있다.

그렇다. 나의 든든한 백그라운드는 바로 하늘이시다. 열세 살 때 부산에서 연탄가스 마시고 사흘 동안 병원에서 잠재우신 하늘, 병마에서 그 훌륭한 의사들을 내게 보내주신 하늘, 알코올중독자의 모습으로 지켜보시다가 불속에서 뛰쳐나온 나에게 소주 됫병을 부어주시던 하늘, 5백 년간 늙은 팽나무의 모습으로 고향을 지키시다가 이 가난한 시인을 그 자리에 세우시고는 슬머시 그 그림자를 거두시던 하늘, 그 하늘은 사람들 사이에 신이 끼어들기 전부터 존재했고, 인간세상에서 신이 다 빠져나간 다음에도 존재할 그 하늘이심을 믿는다. 그래서 나는 밭일을 할 때 웬만해선 장갑을 끼지 않는다. 맨살에 와 닿는 흙의 감촉이 바로 하늘의 감촉이면서 은혜의 감촉이면서 사랑의 감촉임을 알기 때문이다.

그리고 나는 나에게 말한다. "어떤 상황이든 속단하거나 포기하지 말라. 자기 앞에 당당하라. 하늘에 하루 한번 감사하라. 기쁨은 감사함에 있고 웃음은 기쁨에서 비롯되며, 건강은 웃음에서 비롯되느니. 감사가 없는 기쁨이 없고 기쁨이 없는 웃음이 없으며, 웃음이 없는 평화가 없다."고.

인생은 육십부터라는데……, 아무리 생각해도 나에겐 그 말이 정답인 것 같다.

더 큰 만남을 위해 어둠을 깊게 하라
빽빽한 설산에서 제 뿔이 하얗도록
묵묵히 백록(白鹿)을 기다린 초목들이 고마워